大偵探 福爾摩斯

速度的魔咒

U0053511

SHERLOCK HOLMES

登場人物介紹

頭腦靈活、
知識豐富、
分析力強,
可在混亂一片的
犯案現場中
重組犯案的經過。

身手敏捷、
精於拳術,
據傳其出拳力度
可達120公斤!

喜愛音樂和閱讀,
小提琴技藝已達
演奏級。

目光銳利、
槍法如神、
觀察力也超強,
能捕捉迅速移動的
物體,以避過攻擊,
又能在犯案現場
發現警方常常
忽略的線索。

奔跑速度極快,
只需11秒就能
跑完100米。
彈跳力也很厲害,
足可與專業
籃球員比擬。

福爾摩斯

居於倫敦貝格街221號B,
史上最著名的私家偵探。

華生

曾是軍醫，為人善良又樂於助人，是福爾摩斯查案的最佳拍檔。

李大猩&狐格森

蘇格蘭場的33寶警探，愛出風頭，但查案手法笨拙，常要福爾摩斯出手相助。

小兔子

扒手出身，少年偵探隊的隊長，最愛多管閒事，是福爾摩斯的好幫手。

傑森‧林頓

自行車選手，尼克的弟弟，在比賽中猝死。

溫絲

傑森的愛侶，懷疑上吊自殺身亡。

林頓老先生

尼克和傑森的爸爸。

尼克‧林頓

拳擊手，傑森的哥哥。

大偵探福爾摩斯
——速度的魔咒——

 地下拳賽

「打倒他！」

「打倒他！」

「打他的下顎！」

「不要退縮呀！上呀！」

「**冷面虎**！給我打死他！」

「尼克！我下了**重注**的呀！你不能輸呀！」

　　地下搏擊場的圍牆上圍滿了興奮的觀眾，他

們睜着血紅的眼睛，向着場

中的兩個拳

擊手**歇斯**

底里地吼

叫。

被喚作冷面虎的拳手比對手尼克高出了一個頭，身形也明顯強壯得多。可是，尼克面對這個高大的對手卻毫無懼色，他雖然在五個回合中處於捱打狀態，但其不時出其不意的

突擊看來也頗有效用，迫得冷面虎也得處處提防。

　　兩人**對峙**了十多秒後，突然，冷面虎看準機會，一個直拳直往尼克的面龐打去。尼克俯身一閃，避過了攻擊。同一剎那，「**蓬**」的一

聲，他的一記右勾拳已落在冷面虎的右肋之上。

「嗚！」冷面虎在劇痛下腹部一縮。

「啊！」全場驚叫隨即響起，似乎已預見致命的一擊即將上演。果然，在冷面虎彎腰弓身的一瞬間，尼克的左勾拳已殺至，結結實實地打在冷面虎的右頰上。

「唔」的一下悶響傳來，冷面虎的面部突然扭曲變形，整個人被打得向

旁飛去。觀眾們的視線也跟着他的身影飛移，可是，當他「嘭」的一下倒在地上時，全場卻忽然呆住了，過了兩秒後，觀眾們才噓聲四起，叫罵之聲此起彼落。

這次是大熱倒灶，看來害觀眾們輸了不少錢。

不過，也有小部分觀眾為尼克喝彩，他們一定押中了寶，尼克為他們贏了大錢。

尼克擦一擦唇邊的血跡，向不斷叫罵和歡呼的群眾狠狠地盯了一眼，然後才在喧鬧聲中走回後台的休息室。

不一刻，一個咬着煙斗的大胖子走進來，他大聲笑道：「哈哈哈！這次打得很好，為我贏回不少錢。不過，別忘記上次害我輸的錢啊！你起碼要打多十場勝仗才能補償呀！」

「希爾先生，我知道的。」
尼克領首道。

「哈哈哈，你知道就好
了。」大胖子拍一拍尼克的
肩膀，挺着大肚子，*搖搖擺擺* 地走了。

這時，一個年輕人匆匆走了進來，他看了看
與他擦身而過的大胖子，然後才 **興奮萬分** 地
向尼克說：「哥哥，你太屬害了，竟然能擊倒

那個比你強壯那麼多的傢伙！」

「……」尼克一直盯着大胖子遠去的身影，

並沒有答話。

「怎麼了？」年輕人覺得奇怪，

「哥哥，那胖子是誰？」

「啊……沒什麼。」

尼克回過神來，

「他是

個有錢人，在剛才那場拳賽中

下了重注，買我贏。」

「啊！是嗎？那麼他肯

定賺了大錢啦。」傑森仍

然不掩興奮。

「對……他剛才來向

我道謝的。」尼克勉強

地裝出笑臉。

「他當然要道謝啦！這場拳賽你是**大冷門**，聽說**賠率**是那個冷面虎的三倍！」傑森一頓，問道，「對了，對手那麼強，你又吃了他那麼多記**重拳**，怎可能打敗他的？」

「……」尼克無言地盯着自己的弟弟，突然好像想起了什麼，才以嘶啞的聲音答道，「要打敗比自己強的對手，除了要加倍**練習**外，到最後，還得用特別的方法。」

「**特別的方法?**」傑森不明所以。

「對了，

聽說你也快要出戰**自行車耐力大賽**，有信心贏嗎？」尼克問。

「打進第五位或許還有點希望，要贏的話，只能等待**奇跡**出現了。」傑森有點泄氣地說。

「奇跡嗎⋯⋯？」尼克若有所思，「除了等待之外，你沒想過創造奇跡嗎？」

「創造奇跡？怎樣創造？」傑森問。

「就像我那樣，用**特別的方法**。」尼克忽然壓低嗓子說，「而且，只要你勝出了，我們還能贏取一大筆**獎金**。」

「啊？真的嗎？」傑森也不期然地把聲音壓低，「我知道自行車耐力大賽也有**黑市**賭博，但如果我不能在比賽中勝出的話，反而會輸錢啊。」

「所以，我會教你使出萬無一失的辦法。」尼克慫恿，「只要你照我的說話去做就行。」

傑森想了想，道：「說句老實話，其實……我也想贏點黑市獎金。」

「嘿嘿嘿，我知道你仍在和溫絲交往。」

「不，我已經和她分手了。」傑森慌忙否認。

「你不必向我隱瞞，我和爸媽不同，我並不反對你們交往。」尼克說，「但要成家立室的話，就得用錢，只要能在比賽中勝出，你就有足夠的錢離家獨立，不必理會爸媽的反對了。」

「是……是的。」傑森吞吞吐吐地答，他看來還有疑慮。

「不用考慮了！我能打敗比我強得多的對手，你一定也能！」尼克的眼底閃現出一股邪惡的殺氣。

死亡之賽

傑森・林頓拚命地踏呀踏，每踏下一下都令他感到兩條腿仿似由鉛打造似的，沉重不堪。可是，他仍得用力地踏下去，因為他的哥哥已下了重注，他必須贏出這場比賽，否則就不能把獎金拿到手了。

「獎金！獎金！獎金！」傑森聽到自己在腦海中的吶喊，他知道只有不斷這樣吶喊，才能把胯下這輛自行車踏過終點。

「*加油！*」

「*英國加油！*」

「*傑森‧林頓加油！*」

馬路兩旁的叫聲此起彼落，群眾都在為傑森打氣。因為，能進佔頭五名的選手只有他是英國人。

這場「**倫敦自行車耐力大賽**」的選手來自歐洲十多個國家，每個國家可以派三至五名選手出賽，傑森‧林頓是四名出賽的英國選手之一。他雖然曾經贏過一些國際賽，但排名並不高，沒有人會想到他竟可一直**咬住**頭四名的頂尖選手，而且還能堅持到賽事的最後階段。

「**傑森・林頓！加油！加油！**」在群眾的吶喊聲下，五名領先的選手奮力加速，他們快要衝進倫敦競技場了！在進場後，他們必須繞場鬥10個圈才能衝過終點，摘下冠軍榮銜。

「來了！他們來了！」一下叫聲在競技場內響起，屏息以待的觀眾紛紛往競技場的入口看去。

突然，一輛戰車「」的一聲，出其不意地闖進場內！

同一瞬間，另一輛也緊接而至，第三輛、第四輛、第五輛都闖進來了！

「**嘩呀呀！**他們來了！來了！」

「加油！加油！」

「第三名是傑森・林頓呀！」

「傑森・林頓加油！」

「英國加油！」

整個競技場頓時人聲沸騰，大家都在為傑森・林頓歡呼打氣。

可是，傑森在闖進競技場的一剎那，腦袋已刷地變得空白，四周的吶喊也好像靜止了。他只是低着頭緊盯前方，全神貫注地追趕領先在前的兩名選手。

五名選手的戰車仿如五枝會轉彎的響箭，「颼」的一聲在觀眾面前掠過，不一刻又「呼」的一聲飛回來。

一番苦鬥下，在 **第六個** <u>圈</u> 的彎角上，林頓終於追過了第二名的法國選手。但領先的意大利選手仍與他相距幾十米，他必須奮力猛追，才有機會超越。

第九個 <u>圈</u> 了，兩人已縮窄至十多米，那只是剎那之間的距離。

「**嘩呀呀呀！**」傑森怒吼一聲，在進入第十個圈時，終於「*颼*」的一下越過了意大利選手！他超前了！

「嘩──！」

「好厲害呀！」

「傑森·林頓領先了！」

「傑森加油！*衝線呀!*」

「贏了！我們英國要贏

了！」

全場的叫喊**震天動地**，撼動了整個場館。

傑森奮力地踏呀踏，他雖然已超前，但仍不敢放鬆。他知道，在自行車的競技世界，只要有一絲猶豫，眨眼之間就會變回落後。

「**我要贏!我要贏!**」傑森心中大叫，腦海中已閃現自己衝線時的情景。

可是，他內心的叫喊剛落，卻突然感到胸口閃過一下抽搐。同一剎那，他感到心臟彷彿被一隻**魔爪**

緊緊地抓住似的，不斷地**抽搐**。接着，他聽到胸口響起「**撲哧**」一聲，好像有什麼破裂了，霎時，眼前更炸開了一片**鮮紅**！突然，他感到自己整個人已癱了下來，但身體仍隨着戰車的慣性衝力向前衝。

衝了十多米，傑森才「**嘭**」的一聲摔下，在賽道上與自行車一起連翻了十多個跟頭才停下來。

戰車上的車輪仍在不停地打轉，但林頓已**一動不動**地伏在地上，猶如一頭**精疲力竭**的雄獅倒在沙場上一樣。

本來全場沸騰的人聲**嘎然而止**，他們都被眼前的情景嚇呆了。

上吊的女人

　　四個月後，福爾摩斯和華生一早起來，正在悠閒地喝茶看報。

　　這時，樓梯傳來一陣急促的腳步聲，看來又是小兔子來了。

　　果然，大門被「**砰**」的一腳踢開，小兔子**氣喘吁吁**地衝了進來。

　　「不得了！不得了！」小兔子**氣急敗壞**地說。

　　「哎呀，難得可以安靜地喝一杯早茶，又被你這個小鬼頭破壞了。」福爾摩斯沒好氣地瞄了一下小兔子。

「有人死了呀！」

「每天都有人死，有什麼好**大驚小怪**的。」福爾摩斯呷了一口茶，線視又回到報紙上去。

「不，是街頭有人死了！」

「什麼？」華生緊張地問，「什麼人死了？」

「一個女人，是上吊死的！」

「上吊？」福爾摩斯眉頭一揚，小兔子的說話似乎終於**觸動**了他的**神經**。

「是！是她的鄰居發現的，快去看看吧！」小兔子

興奮地說。

「福爾摩斯，去看看吧。」華生說，「既然是街坊，該去了解一下。」

「好吧，反正閒着，就看看吧。」

三人去到街頭，只見一棟樓房的下面已站滿了圍觀的人群。

福爾摩斯和華生是這條 貝格街 的名人，大家看到兩人來到，都紛紛讓出一條路來。

「二樓，是二樓有人上吊自殺死了。」一個站在樓房門口的街坊說。

福爾摩斯點點頭，丟下小兔子，就和華生往二樓走去。

二樓的一個門口旁邊站着幾個交頭接耳的街坊，他們都一臉驚惶，眼神中又帶着哀傷，看來都是認識死者的鄰居。

福爾摩斯一腳踏進屋內，只見死者已躺在地上，兩個巡警則在查看現場的情況。

「啊！福爾摩斯先生、華生醫生，你們也來了？」河馬巡警與兩人相熟，連忙打了個招呼。

「有什麼發現嗎？」福爾摩斯問。

27

　　「沒有啊。」河馬巡警說，「我們接報後來到，屍體已被鄰居解下來了，頸上有上吊的痕跡，**十居其九**是自殺吧。」

　　「是嗎？」福爾摩斯說着，在屍體身旁蹲下來，小心地檢視死者頸上的**勒痕**。

　　「從勒痕的位置推斷，確是吊頸造成的。」福爾摩斯說。

　　華生知道，老搭檔只要從勒痕的位置，就可知道那是**他殺**還是**自殺**。因為，以前曾經有兇手把一個人勒死了，然後再把死者吊到橫樑上，把兇殺偽裝成為自殺。當時，由於驗屍官的疏忽，沒檢查清楚死者頸上的勒痕，幾乎就讓兇手**逍遙法外**。幸

好，案子落到福爾摩斯手上，他看了看死者頸上的勒痕，就看出那是他殺，因為他殺和上吊自殺是有明顯**分別**的。

【上吊自殺】

頸上勒痕由腮向下伸延

【被人勒斃】

頸上勒痕多呈水平繞圈狀

「是誰最先發現死者上吊的？」福爾摩斯問。

「是鄰居**熊太太**發現的，她與死者**溫絲小姐**很投契，每天早上**8點半**左右都會相約一起到菜市場買菜。今早起來拍門，卻沒料到門一推就開，她探頭往內看，就發現死者吊在橫樑上了。」河馬巡警說。

「有沒有發現**遺書**？」福爾摩斯問。

「全屋都找過了，沒有發現。」河馬巡警答道。

「是嗎？」福爾摩斯眉頭一皺，「那就奇怪了，自殺的人通常都會留下遺書呀。」

「是的，我們也覺得這一點有些可疑。」

「確實有些可疑。」福爾摩斯點點頭，往屋內四周環視了一下，突然，他瞥了一眼壁爐上的一盞**油燈**，

然後視線又落在油燈旁的一張 照片 上。

他走過去，把照片拿起來看了看，並說：
「是死者與一個男人的合照，相中的男人還騎
着一輛很時尚的*自行車*呢。」

「看他們兩人這麼親暱地合照，一定是**情**
侶了。」華生也湊過頭去看，突然，他眼前一
亮，「唔？這個男人……好像在哪裏見過……」

「是嗎？」

「對了，他是**自行車**選手，名叫**傑森·**
林頓。」華生說。

「傑森‧林頓？」福爾摩斯想起了，「就是那個在四個月前突然**暴斃**的選手？」

「啊，我也知道。」河馬巡警插嘴道，「報紙上也報道過，他是在比賽衝線前，突然**心臟病發**死去的。」

「唔……這麼說來，如果死者和傑森‧林頓是情侶的話，她可能是**哀傷過度**自殺了。」華生猜測。

「可是……」就在這時，他們背後傳來了一個**吞吞吐吐**的聲音。

眾人轉身一看，只見一個中年女人**戰戰兢兢**地站在門口。

「啊，熊太太，你有什麼想說嗎？」河馬巡警問，看來中年女人就是那個發現死者的鄰居了。

「可是，溫絲在昨天還好好的，不像會尋死啊。」熊太太說。

「對。」一個中年男人也走進來說，「內子說得沒錯，我昨天夜晚在門口碰到溫絲回家，她還笑着跟我打了個招呼呢。」

「是嗎？你昨夜在門口碰到她？是幾點鐘左右？」福爾摩斯問。

「我剛下班回來，大約是深夜12點左右吧。」熊先生答道。

福爾摩斯若有所思地想了一下，對華生說：「你檢查一下，看看死者死去了多久。」

華生連忙在屍體旁蹲下來，仔細地檢查了一下，然後說：

從屍體的狀況看來，應該死了**6至7個小時**吧。

這麼說來，她是在**深夜2點至3點**這段時間內上吊的了。

福爾摩斯自語自言地說。

「我雖然不信她昨夜會上吊自殺，但如果是真的話，華生醫生估計的死亡時間應該沒錯。」熊先生說。

「為什麼這樣說？」福爾摩斯問。

「因為，昨夜我回家洗過澡後，約於**1點**左右到街上去丟垃圾，當時抬頭看到二樓的這個客廳還亮着燈。」

還亮着燈。

「唔⋯⋯亮着燈嗎？」福爾摩斯喃喃自語，好像在思索着什麼疑點似的，突然，他眼底閃過一下叫人戰慄的寒光，「那麼，窗呢？你看到窗是開着的還是關着的？」

「是關着的。」熊先生毫不猶豫地答道。

關。

「那麼，這位太太呢？你發現屍體時，窗是開着還是關着的？」福爾摩斯問。

你呢？

「是關着的。」熊太太也肯定地答道。

關。

「問這些又有什麼用？」就在這時，一個熟悉的聲音響起，原來，我們的蘇格蘭場幹探李大猩也趕到來了。當然，缺不了他的搭檔狐格森，兩人正一臉不

爽的站在門口，盯着福爾摩斯和華生。

「啊，你們來了？」河馬巡警嚇了一跳，連忙走過去打招呼。

「哼！我們當然來了，不是你去叫人通知我們來的嗎？」李大猩罵道。華生知道，這對孖寶幹探雖然常找福爾摩斯幫忙，但並不喜歡他常在自己的辦案現場出現。

兩人擺着**臭臉**，逕自走去檢查了一下屍體，就草草地下結論：「**上吊自殺**而已，沒什麼好查的，叫人來收屍就行了。」

「不需要再查一查嗎？」福爾摩斯問。

「查什麼？不是**擺明**就是自殺嗎？」李大猩不滿地說。

「對，不要浪費時間啦。」狐格森也附和，「看頸上的**勒痕**就知道是自殺啦。」

「但有目擊證人說，在她死前一個小時，這裏還亮着燈啊。」福爾摩斯提醒。

「那又怎樣？亮着燈有什麼奇怪？」李大猩反問，「人在家裏當然是亮着燈囉。」

聞言，福爾摩斯臉色一沉，他大手一指，指着壁爐上的那盞油燈，道：「**你們看到那盞油燈嗎？**」

油燈的暗示

「**油燈？**」李大猩走過去，把臉湊到油燈前看了又看，「這盞油燈有什麼特別？與死者上吊有什麼關係？」

「沒看到嗎？盛載油燈的底座還剩下**一半燈油**啊。」

「我看到呀，那又怎樣？」李大猩問。

「對，那又怎樣？」狐格森似乎也不明所以。

「還不明白嗎？」福爾摩斯說，「你們看，這個客廳只有這一盞油燈，並沒有其他**照明工具**，死者上吊前亮着的一定是這盞油燈。可是，它的底座竟然還剩下一半燈油，不奇怪嗎？」

「啊！我明白你的意思了。」華生搶道，「如果油燈一直點着到天亮的話，底座內的油應該已被燒光了！」

「對，我說的就是這個意思。」

李大猩和狐格森想了想，同時嘲笑道：「嘿嘿嘿，那有什麼奇怪，一定是死者在上吊前吹熄了油燈。反正已要死了，亮着燈也浪費呀。」

福爾摩斯聞言，腿一歪，幾乎摔倒當場。

他沒好氣地說：「一個人要自殺了，還有心思理會浪不浪費燈油嗎？更重要的是，死者是上吊，既要站在椅上又要在樑上打結，會特意把已點着了的燈吹熄，然後

油燈的暗示

在**漆黑**的環境下進行嗎？」

狐格森和李大猩雙手抱胸低頭沉吟，片刻後，狐格森突然說：「啊！我明白了，**是風吹熄的！昨夜很大風。**」

「對對對！一定是風吹熄的！」李大猩也連忙說。

「這個我早問了，鄰居發現死者時，這客廳惟一的窗門是**關**着的。」福爾摩斯說，「風不能吹進來。」

「唔……」狐格森和李大猩又陷入沉思。

一直不敢作聲的河馬巡警，戰戰兢兢地問：「那麼……福爾摩斯先生，如果不是死者或風把油燈吹熄，你認為油燈為什麼會熄掉呢？」

「**兇手！油燈一定是兇手吹熄的！**」

41

福爾摩斯說。

「什麼？兇手？」李大猩和狐格森大驚。

「這麼說的話，難道你認為這不是自殺，而是他殺？」華生連忙問。

「沒錯，一定是他殺。」福爾摩斯說，「因為，在溫絲小姐死後能夠吹熄油燈的人，除了兇手之外，不會有別的人。」

「唔……」李大猩擦了擦腮幫子沉思片刻後，突然抬起頭來興奮地說，「**哈哈哈！**我想通了！油燈雖然不是溫絲小姐吹熄的，但這並不表明她是死於他殺。因為，可能是她上吊自殺後，有人發現了屍體，但又沒有報警，只是**吹熄**油燈就離開了。」

華生想了想，領首道：「唔……這個推論也有道理呢。」

「哈哈哈！厲害吧？」李大猩**得意揚揚**地**自賣自誇**，「我的推論不比福爾摩斯的遜色呢。」

狐格森對搭檔的**自我吹噓**感到不爽，於是以挑戰的語氣問道：「那個發現屍體的人為什麼要這樣做？」

「問得好。」李大猩似乎已想過這個問題，他**成竹在胸**地答道，「一般來說，如果有人死了，發現者都會馬上報警。但是，也有可能是那個發現者怕惹麻煩，於是選擇**不動聲色**地離開。要知道，很多人都怕惹官非，更不想到警局去被警察問來問去。這種人，我們每年都遇上不少啊。」

「這……」狐格森沒法反駁，因為李大猩說的都是事實，社會上確實有些人對警察畏而遠之。

「嘿嘿嘿，確實有這個可能。」福爾摩斯冷笑三聲，然後指着那盞油燈說，「可是，**燈油**還剩下一半，這個**分量**足可燃點油燈**4**個小時啊。」

「那又怎樣？能說明什麼？」李大猩不滿地問。

「由於鄰居熊太太是於今早**8點半**發現死者的，那就說明，油燈最遲也必須在半夜**4點半前**被吹熄的，否則不會剩下那麼多**燈油**。」

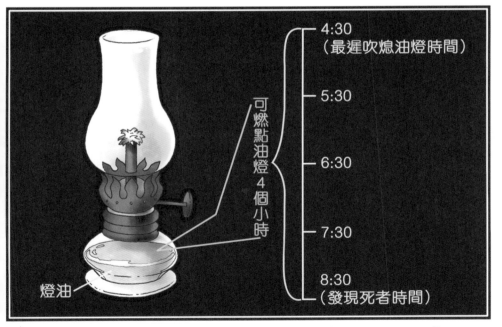

4:30（最遲吹熄油燈時間）

5:30

6:30

7:30

8:30（發現死者時間）

可燃點油燈4個小時

燈油

「那也不能說明什麼呀！」李大猩說，「可能有人在半夜4點半前發現死者上吊自殺，為怕

惹上麻煩，於是吹熄油燈後走了。不是嗎？」

「如果是這樣的話，那個人必須在半夜**4點半前**走進這裏才行。可是，一般人會在深夜無緣無故地闖進別人家嗎？就算是親戚朋友也不會吧？」福爾摩斯反論。

「這——」李大猩頓時**語塞**。

一直在旁沒作聲的河馬巡警，**戰戰兢兢**地插嘴道：「除非……除非是小偷吧。」

「啊！對、對、對！」李大猩**如獲至寶**，「**一定是小偷**，他本想進來爆竊，但見到有人上吊，就嚇得馬上跑了。嘿！小偷嘛，當然不會傻得去報警啦。哈哈哈！河馬巡警這次真聰明，辦完案後，我請你喝下午茶。」

油燈的 **暗示**

「嘻……嘻嘻，過獎了。」難得受到稱讚，河馬巡警開心地笑了。

福爾摩斯斜眼盯着河馬，問道：「這裏半夜仍亮着燈，小偷會**堂而皇之**地走進來爆竊嗎？」

「這……」河馬巡警搔搔頭，尷尬地說，「小偷……小偷都喜歡**取易不取難**，應該會挑關了燈的屋爆竊。」

「就是嘛，所以我說溫絲小姐是被殺的，而殺死她的兇手，在離開時把油燈吹熄了。」

「嗚……」李大猩已知自己的推論有明顯**破綻**，急得漲紅了臉。

但他突然想起什麼似的眼前一亮，指着油燈再向大偵探提出挑戰：「你怎知道這盞油燈仍可燃點**4個小時**？要是只能燃點兩個

小時呢？那麼，有人在早上6點半左右發現死者又沒報警，我的推論就能成立了！」

「嘿嘿嘿，我對油燈很有研究，還為此發表過一篇論文。」福爾摩斯**氣定神閒**地答道，「這盞燈內的燈油肯定還可燃點四個小時。」

「什麼？你連油燈也研究？」李大猩**不可置信**，「你太過空閒沒事幹嗎？」

「不。」華

生連忙補充，「有一次為了調查一宗因油燈引起的**火災**，福爾摩斯把市面上所有牌子的油燈和燈油都買回來，並逐一測試過它們的**燃燒**速度。」

「哼！太無聊了！」李大猩雖然感到沒趣，

但也無話可說。

　　不過，一直沒法插嘴的狐格森卻找到了切入點，他向大偵探問道：「兇手為什麼要在離開時把油燈吹熄呢？這不是多此一舉嗎？」

　　「你說得沒錯，這確實是多此一舉。」福爾摩斯不慌不忙地答，「如果兇手是個經驗老到的專業殺手的話，就不會犯這個錯誤。」

　　「普通人就會犯這個錯誤嗎？」狐格森質疑，「普通人在殺了人後只會手忙腳亂，一定想盡快離開現場，根本就不會把他殺偽裝成吊頸自殺，也沒空理會油燈是亮着還是熄了啊。」

　　「你說得有道理。」福爾摩斯說，「所以，我認為兇手既不是專業殺手，但也不是普通人，他應該擁有以下特點。」

兇手的潛意識

兇手的特點

① **認識死者溫絲小姐，而且不是普通的朋友關係。**

如果兇手不是與溫絲小姐關係非淺，她不會在深夜開門讓他進屋。如是陌生人強行進屋，她應該會呼叫驚動鄰居。

② **男性，且體魄強健，可輕易舉起一個成年人。**

要偽裝溫絲小姐上吊自殺，兇手必須先令她失去意識，然後再把她舉起套到索環上。沒有強健的體魄，不可能辦到。

③ 性格冷酷，就算殺人也不
會內疚。

如果兇手不是這種人，
在行兇過程中就會容易產
生恐慌，並遺下犯案的線索。

④ 行事謹慎、冷靜，
慣於有周詳計劃。

把他殺偽裝成上
吊自殺，必須計
劃周詳，如挑選
行兇時間；購
買**繩子**；騙取死者
信任，讓他在深夜進
屋等等。

「不過，正是因為兇手行事謹慎和冷靜，他才會在離開時吹熄油燈，令整個行兇計劃露出破綻。」福爾摩斯最後下結論。

「為什麼這樣說？這聽來不合乎邏輯啊。」華生道出大家心中的疑惑。

「嘿嘿嘿。」福爾摩斯狡黠地一笑，「因為吹熄油燈是個非常普通的慣性動作，可說是一種在潛意識驅使下的行為，就像吃完飯會抹一抹嘴，下馬車後會順手關門那樣，只要是精神狀態處於正常的狀況

潛意識

下，就會自然而然地作出這種慣性行為。」

「啊，我明白了。」華生想通了，「兇手殺人後仍會做出這種慣性行為，證明他很快就**回復**平常的精神狀態。所以，你就推算出兇手是個行事謹慎和冷靜的人。」

「沒錯，我就是這個意思。」福爾摩斯點點頭。

「可是，吹熄油燈也算是 **慣性行為** 嗎？」狐格森問。

「當然。」福爾摩斯說，「就像你在晚上離家出門，一定會**關掉燈**一樣嘛。」

「唔……」狐格森想了想，「這麼說來，也有道理。」

「不過，除此之外，由於兇手做了**見不得光**

的壞事，他的潛意識還會驅使他去掩蓋自己的惡行，於是，他離開時就順便把油燈吹熄了。這就像貓兒拉了屎，會馬上用腳撥沙把屎掩蓋起來一樣。」

「福爾摩斯太厲害了！」華生心中暗自佩服，「只憑剩下的燈油分量，就能推論出這麼多線索來，實非凡人所能啊。」

就在這時，他們腳下響起「喵」的一聲。原來，不知什麼時候，一隻黑貓走了進來，在溫絲小姐的屍體旁嗅來嗅去。

「唔？原來死者還養了貓嗎？」華生好奇地蹲下來，摸了摸貓頭。

「啊，那是附近的流浪貓小黑，溫絲小姐常餵牠吃東西，牠對溫絲小姐很親熱，也就常

常在這裏出入。」站在門口的熊太太說。

華生抱起小黑，一邊輕輕地為牠掃背一邊說：「牠看來還未知道溫絲小姐死了呢，好可憐啊。」

「哎呀，現在不是玩貓的時候啊。」李大猩不耐煩地說，「我們得打鐵趁熱，快點找出兇手啊。」

「對，我們分頭行動吧。」福爾摩斯向李大猩建議，「兇手應該是死者認識的人，我和華生去查溫絲小姐的背景，找她的家人和朋友查問一下。你們就去查她的愛侶傑森·林頓，看看那邊有什麼發現吧。」

輕易地，福爾摩斯就從溫絲小姐的**遺物**中發現一些線索，並與華生一起在**倫敦歌舞團**的後台找到了她的生前好友**艾娜**。

　　從艾娜口中得知，溫絲原來自小在孤兒院長大。在18歲那一年離開**孤兒院**，由於沒有什麼謀生技能，只學過一下舞蹈，就當上了專門

表演**艷舞**的舞蹈員。兩年後，她認識了來看表演的傑森・林頓，兩人很快就**墮入愛河**。

「可是，傑森的父母並不接受歌舞團出身的溫絲，生性孝順的他不敢逆父母的意，只好與溫絲斷絕關係。」艾娜悲痛地說，「不過，這只是騙騙父母的**權宜之計**。兩人愛得太深了，傑森最後終於鼓起勇氣，帶着溫絲跑到法國一個小鎮的教堂秘密地**宣誓結婚**。只是……只是沒想到他在婚後半個月，就在一場比賽中死去了……」

「婚後不久就死去了？那麼，她一定很傷心了。你認為她是否因**悲傷過度**而自殺呢？」福爾摩斯以探聽的語氣問。

「**不！我不相信她會自殺**。」艾娜一口否定。

「為什麼如此肯定呢？」

「在接到傑森死訊的初時，溫絲確實**悲痛欲絕**，但我們這些在艷舞團打滾的女人，意志力和應變能力都特別強。」艾娜說，「溫絲並沒有被傑森的猝死**擊倒**，她很快就重新站起來了。更重要的是，她在一個半月前⋯⋯她在一個半月前⋯⋯嗚⋯⋯嗚⋯⋯」

說到這裏，艾娜突然掩面**嗚咽**，已泣不成聲了。

福爾摩斯和華生**面面相覷**,不知如何是好。

過了一會,艾娜終於平復下來,她抹了一下眼淚說:「對……對不起,想到這裏,我的眼淚實在忍不住了。**溫絲……溫絲……她實在太可憐了。**」

「你剛才說一個半月前什麼的,難道一個半月前在溫絲小姐身上發生了什麼事嗎?」福爾摩斯趁機追問。

「她……她知道自己**懷孕**了。」

「**什麼?**」福爾摩斯和華生不敢相信自己的耳朵。

「她告訴我，自己懷孕了……」艾娜忍住眼淚，深深地吸了一口氣，「她說這是上天賜給她的禮物，她要生下這個孩子、要堅強地活下去，為傑森在這世上留下一點血脈。」

「一屍兩命！原來這是一宗一屍兩命的兇殺案啊！」華生心中赫然大驚，「今早驗屍時以為溫絲身形較胖，沒料到她竟已珠胎暗結！」

不過，這也證明了福爾摩斯的推論──溫絲不是死於自殺，而是死於他殺！華生本來對老搭檔的推論仍有一絲懷疑，但現在聽到艾娜的證言，已無法再有任何存疑了。

想到這裏，華生往旁瞥了一眼，他這時才赫然發現，福爾摩斯眼中閃現出叫人不寒而慄的目光。

「想不到……兇手不單殺了溫絲，還殺了她

腹中的孩子！」福爾摩斯的喃語幾乎輕聲得難以聽見，但華生卻感到他的一字一句中，正迸發出強烈的怒火。

「艾娜小姐，請問溫絲小姐最近有否與人結怨？你又知不知道有沒有人會對她不利呢？」福爾摩斯把怒火壓下，再問道。

「沒有呀……」艾娜說，「她待人和善，從不與人爭執，怎會與人結怨。不過……」

「不過什麼？」

「不過，聽說她的**夫家**不承認她與傑森已結為夫婦的事實，令她感到非常氣憤罷了。」

「這也可以理解，傑森的父母在他生前不同意兒子與溫絲小姐交往，兒子死後，可能就更想**釐清**兩人的關係吧。」華生說。

「本來溫絲也是沒所謂的，但得悉自己懷孕後，就想腹中的骨肉用**林頓的姓氏**登記名字，聽說因為這樣才與林頓家鬧得不太愉快。不過，溫絲並沒有把懷孕的事公開，她怕林頓家知道後會反過來搶奪**撫養權**。」艾娜補充。

「這個易辦呀，只要找出為他倆證婚的**牧師**來作證，不就可以了嗎？」華生說。

「溫絲也想到了這一點，說會發**電報**去請法國小鎮的牧師來**作證**。」

「那麼，找到了那位牧師嗎？」福爾摩斯

問。

「這個我就不太清楚了。」艾娜說，「不過，一切已不重要了。溫絲和她腹中的骨肉已死，這個 名分 對她來說已沒有任何意義了。」

「是的，你說得對。」福爾摩斯深深地歎了口氣，「人死後只能歸於 塵土 ，名分已沒有任何意義了。」

這時，福爾摩斯並未知道，其實這個名分對溫絲來說不但意義重大，更是令她招來殺身之禍的原因！

一屍兩命

　　與艾娜告別後，福爾摩斯和華生馬上趕去**蘇格蘭場**，看看解剖結果是否如艾娜所說，溫絲的腹中已懷了孩子。

　　「什麼？她懷了孩子？真的嗎？」李大猩瞪大了眼睛，「我們還未拿到**解剖報告**啊。」

　　「對，我們去過林頓家調查，才剛回來。」狐格森說。

　　「那麼，去驗屍室看看吧，或許已有結果了。」福爾摩斯提議。

　　四人去到**驗屍室**，剛好完成了解剖，艾娜

所言非虛，溫絲果然是懷了孩子，而且胎兒的四肢已經成形，看來已有幾個月大了。

華生 小 心 翼翼 地檢視了一下已放在鐵盆上的胎兒，還摸了摸他小手和小腳，沉重地說：「是個男孩，十隻手指和腳趾都長出來了。要不是發生這宗慘案，他再過幾個月就會 **呱呱墜地**，肯定是一個人見人愛的小寶寶……」

聽到華生這樣說，各人強忍着的眼淚一下子都湧出來了。

　　「太可憐了……」狐格森別過頭去，不忍正視。

　　李大猩使勁地擦了擦眼淚，怒道：「我一定要親手拘捕這個兇手！然後把他送上**絞刑台**！」

　　「是的，胎兒實在太可憐了，還未出世就被斷絕了性命。這個兇手實在太可惡了，我們一定要把他送上絞刑台！」福爾摩斯也**怒氣難消**。

「對了，林頓家那邊怎樣？有沒有找到什麼線索？」華生問。

狐格森搖搖頭，說：「傑森·林頓的直系親屬除了父母外，還有一個叫**尼克**的哥哥，他

林頓老先生　　　林頓老太太　　　尼克

們三人住在一起。但尼克不在，只找到傑森的父母，為免**打草驚蛇**，我們訛稱要調查傑森在比賽中猝死的事，並沒告訴他們今早溫絲被殺的事。不過，當我們問及溫絲與傑森的**關係**時，林頓老先生的態度馬上變得激動起來。」

「豈只激動，簡直就是**不近人情**！」李大猩**憤憤不平**地憶述……

「那個女人與我們家無關！」林頓老先生**怒不可遏**地罵道。

「真的嗎？但聽聞溫絲小姐與令郎是**情侶**啊。」李大猩說。

「犬兒雖然曾經與她交往過一段時間，但早已**分手**了！」林頓老先生一臉怒容，「她在歌舞團跳艷舞，一個**不三不四**的女人，又怎配得上犬兒！」

「那麼，在令郎過身後，溫絲小姐有沒有來

找過你們呢？」狐格森問。

「哼！她當然來找過我們！」林頓先生不耐煩地說，「她說要出席犬兒的喪禮，但給我拒絕了！」

「這是否有點太過無情呢？就算她與令郎已無交往，但出席喪禮悼念一下也是人之常情呀。」李大猩對老先生的不近人情，已有點憤慨了。

「哼！對這種下賤的女人，怎可以有婦人之仁！」老先生怒道，「你以為我不知道她的目的嗎？說什麼在法國與犬兒結了婚，想要得到林頓家的名分，說穿了，只不過是想爭奪他的保險金罷了！」

「什麼？保險金？傑森・林頓在生前買了保險？」福爾摩斯聽到這裏，不禁大吃一驚。

什麼？
保險金？

「對，據那頑固的老頭說，傑森在比賽前一個星期，買了一筆價值三萬鎊的大額保險。」狐格森答。

「如果那老頭知道溫絲死了，一定會舒一口氣。」李大猩說，「因為就算溫絲真的與傑森結了婚，他也不必擔心有人來爭奪保險金了。」

「唔……」福爾摩斯低頭沉思，毫無疑問，那筆保險金已**觸動**了他的神經。

華生察覺到老搭檔的心思，於是問道：「牽涉這麼大一筆錢，溫絲的死會否與爭奪保險金有關？」

「我們已想過這個問題，但自行車比賽易出意外，上屆賽事就有選手因為下坡時**撞欄**受了重傷，所以購買**大額保險**並不奇怪。」狐格森說，「而且，那老頑固雖然**刻薄無情**，但已一把年紀，看來不像一個會殺人的壞蛋。」

「有道理。」福爾摩斯抬起頭來說，「那麼，你們已查過傑森的保險是誰**投保**的嗎？有沒有指定的**受益人**？」

「已查過了。」狐格森說，「是他的哥哥尼克與他一起找保險經紀投保的，但沒有填上誰

是受益人。」

「**沒填上受益人?**這有點奇怪。」福爾摩斯眉頭一皺。

「為什麼?」華生問。

「沒填上受益人的話,保險金就會變成死者的遺產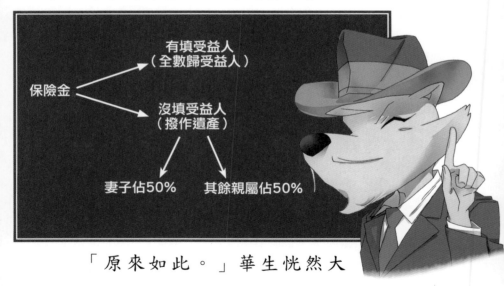,一般來說,死者的妻子可以先分一半,餘下的才分給他的親屬。」

保險金
→ 有填受益人
（全數歸受益人）

→ 沒填受益人
（撥作遺產）
↓ ↓
妻子佔50% 其餘親屬佔50%

「原來如此。」華生恍然大悟,「難怪傑森的父親會擔心溫絲小姐來**爭產**

了。」

「可是，傑森為什麼不填上**受益人**呢？」福爾摩斯提出疑問，「他剛結婚，對妻子一定特別在意，按常理推斷，應該填上**溫絲的名字**呀。」

「難道真的如那老頭所言，他們倆早已分手了？」李大猩說，「所以，傑森就沒把溫絲的名字填上去？」

「要是這樣的話，他也該填上父母的名字呀。」狐格森說。

「會不會是**粗心大意**，忘了填？」華生問。

「不能抹殺這個可能。」福爾摩斯說，「不過，也有可能是傑森**故意**的。」

「為什麼？」李大猩問。

「溫絲的好友艾娜說過，傑森的

家人反對這個婚事。如果在保險單上填上溫絲是受益人，他們的親密關係就會被識破。你們不是說過嗎？買保險時，傑森的哥哥尼克也在場嘛。」

「有道理。」華生同意，「所以，他就故意不填上受益人，萬一發生意外，保險金就變成遺產 💰，至少有一半會分給他的妻子溫絲。」

「對，我的推測就是這樣。」福爾摩斯說，「他的哥哥尼克在場也沒反對，看來是因為尼克並不知道弟弟已祕密結婚。」

「唔……這個傑森也想得真周到呢。」狐格森

說，「可惜的是，他沒料到溫絲卻**死於非命**，就算分到保險金也沒命享了。」

「不僅如此。」福爾摩斯一頓，眼底閃過一下寒光，「他的這個安排，很可能就是令溫絲**丟命**的原因。要知道，這麼一大筆錢，很容易招來**殺意**。」

「那麼，最具嫌疑的兇手，就是林頓家的人了。」華生說，「因為溫絲一死，他們**得益**最大。」

「對。」福爾摩斯說，「不過，這個推論必須證明溫絲和林頓真的已結婚才能成立。因為到目前為止，除了艾娜的**證言**外，我們並沒有任何實質的**證據**，可以證明溫絲和傑森已經結婚。」

「唔……」李大猩苦惱地說，「難道我們要

去法國跑一趟，把證婚的牧師找來才行？」

「不，還有一個比較簡單的方法。」福爾摩斯說，「華生，你知道這個胎兒有幾個月大嗎？」

「胎兒不論男女，在母體的子宮內，他們腳掌的成長速度都是相同的。」華生連忙量了量胎兒的腳掌後說，「這個胎兒的腳掌長1吋1分，就是說，他已19個星期大了。」

「今天是8月31日，19個星期大的話，即是溫絲於4月21日左右開始懷孕。」福爾摩斯若有所思地說，「艾娜說溫絲結婚後半個月，傑森就在5月1日舉行的比賽中猝死，那場比賽距今約四個月，胎兒的大小與艾娜所說的結婚時間很吻合。這間接證明傑森確是胎兒的爸爸。」

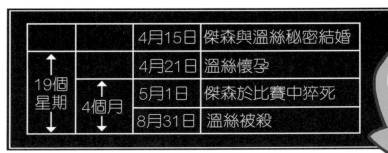

		4月15日	傑森與溫絲秘密結婚
19個星期	4個月	4月21日	溫絲懷孕
		5月1日	傑森於比賽中猝死
		8月31日	溫絲被殺

就在這時，河馬巡警**慌慌張張**地跑進來，遞上一封電報說：「駐守兇案現場的警員來報，說收到一封給溫絲的電報！」

「**電報？**」李大猩連忙問，「哪裏發來的電報？」

「好像是從**法國**發來的。」

「啊！」眾人霎時緊張起來，他們都知道，溫絲和傑森就是在法國結婚的。

李大猩接過電報，大聲唸出來：「**艾爾金牧師**一週前遇襲死亡，請恕不能赴英拜訪。沙特爾教堂字。」

「沙特爾教堂？」華生說，「艾娜提過，傑森和溫絲就是在這個教堂讓牧師為他倆**證婚**的。」

「事有蹺蹊……」福爾摩斯說，「艾娜還說過，溫絲為了替腹中的骨肉取回**名分**，要請牧師來倫敦**作證**，證明她和傑森已結為夫婦。」

「那個遇襲死亡的艾爾金牧師，肯定就是她要請的人！」李大猩說。

「太巧合了！當溫絲需要他時，他卻死了！」狐格森也察覺到不尋常，「這是殺人滅口，為了令溫絲無法取得保險金！」

「不對……」華生想了想，「兇手要阻止溫絲取得保險金，殺掉她一個人已夠了，又何須跑去法國連牧師也殺掉？」

「不，這反倒證明兇手在一個星期前殺掉牧師時，還未知道溫絲已懷孕。」福爾摩斯一針見血地指出，「當他得悉溫絲懷孕後，就連她也不放過了。」

「這個兇手也真笨！」李大猩說，「他一早殺掉溫絲不就更省事嗎？」

「這個兇手並不笨，他只是有所顧慮罷了。」福爾摩斯說，「我不是說過嗎？兇手很可能認識溫絲，要是她死於非命，警方很容

易 順藤摸瓜 追蹤而至，這等於 引火自焚。

但遠在法國的牧師死了，溫絲只能自歎倒霉而放棄追討名分，她未必會驚動英國警方，這樣的話，英國警方可能連他死了也不知道，這對兇手來說安全得多。」

「原來如此。」華生終於明白。

「不過，**人算不如天算**，當兇手得悉溫絲已懷有傑森的骨肉，就只好連她也除掉了。

因為傑森是高危運動的選手，主辦比賽的機構一定有他的**血型**記錄，倘若孩子誕下來了，通過血型測試就可證明他們的**父子關係**，溫絲憑此已可奪回大部分保險金了。」福爾摩斯說，「但這次兇手有所**顧忌**，不敢像殺牧師那樣直接行兇，就製造出上吊自殺的**假象**，意圖攪亂警方的調查方向。」

「那麼，下一步該怎辦？」華生問。

「去找傑森的哥哥——**尼克**！」福爾摩斯說，「因為，如果傑森的父母沒有嫌疑的話，那麼，他的哥哥尼克就是最大的**嫌疑犯**！」

兇狠的拳手

一起來到林頓家的大宅後，傑森的父母雖然

面露煩厭的表情，但仍帶領福爾摩斯一行四人

走進了一間 **健身房**。這時，房中有一個赤裸上身的人正在打沙包練拳。他肌肉結實，出拳又快又重，打得沙包「嘭嘭」作響。

他，就是傑森的哥哥尼克。

華生心中暗忖：「原來尼克是打拳的，看他的出拳力度，看來還是一個**專業拳手**。這麼看來，他完全符合福爾摩斯對兇手特點的預測啊！」

兇手的特點	尼克的特點
① 認識死者溫絲小姐，而且不是普通的朋友關係。	①認識死者溫絲小姐，是親戚關係。
② 男性，且體魄強健，可輕易舉起一個成年人。	②男性，體魄強健的拳手，看來單手已可舉起溫絲。
③ 性格冷酷，就算殺人也不會內疚。	③在比賽中常攻擊對手，應具備傷人也不會內疚的冷酷。
④行事謹慎、冷靜，慣於有周詳計劃。	④比賽時必須時刻冷靜，應慣於應付突變的處境。

可能給尼克那壯健的外形**震懾**了吧，狐格森額頭滲出了冷汗，他摸一摸腰間的手槍，吞了一口口水，然後湊到李大猩耳邊說：「如果

這傢伙是兇手的話，看來不容易對付呢。」

李大猩「嗯」的哼了一聲，臉上也罕有地露出擔憂之色。

「**唔？**」華生察覺到原本站在身邊的老搭檔不見了。他轉頭一看，只見福爾摩斯已走到房間的角落。那裏有一個衣架，架子上掛着一件棗紅色的**外套**，他就站在外套的前面，不知道在看什麼。

「**嘭**」的一聲響起，尼克一記重拳把沙包打得飛起。

這時，林頓老先生才喊話：「尼克，有人找你，蘇格蘭場來的。」

尼克彷彿**轟然驚醒**似的，他背上的肌肉

急劇地顫動了一下。然而，他並沒有理會父親的喊話，又往沙包「嘭嘭嘭」地連續打了幾下重拳，然後才緩慢地轉過身來，以嘶啞的聲音問道：「有什麼事？」

「你喜歡寵物嗎？」不知何時，福爾摩斯已回到華生身邊，並出其不意地問道。

華生三人面面相覷，不知大偵探為何有

此一問。

「什麼？」尼克一怔。

「沒什麼，我只是問你喜不喜歡寵物，例如貓或狗。」

尼克冷冷地盯着福爾摩斯，似乎在心中思索着這個問題的用意。

「這麼簡單的問題也要想嗎？」

尼克看一看滿面詫異的父母，然後才答道：「可以選擇的話，我喜歡狗，因為牠們聽話。」

「那就是不喜歡貓了？」

「哼！貓太高傲了，不是我的所好。」

「那麼，你認識溫絲小姐嗎？」

「認識，是弟弟在生前介紹的。」

「她曾向你父親
說要取回林頓家的名
分，你知道嗎？」

「知道，但給我
們了。」

「為什麼拒絕？」

「因為她不能
證明已和我弟弟
結了婚呀。」

「但她已懷了
傑森的孩子啊。」

「什麼？」
一直沒作聲的林
頓老太太驚叫起
來，「她懷了

傑森的孩子？」

「她沒提起過啊。」林頓老先生也甚為驚訝。

「哼！懷了又怎樣？」尼克揚手制止兩老說下去，「那種女人為了騙錢，什麼都說得出！」

「那就是說，她向你說過懷孕了。」

「說過又怎樣？反正都是騙人的，誰在乎？」

「我在乎，因為那就能證明誰是兇手。」福爾摩斯道。

「什麼？」尼克眼中閃過一下警惕的目光。

「如果兇手不知道她已懷孕，殺死證婚的牧師就夠了，沒有必要殺死她。」

尼克看來已察覺自己中了福爾摩斯的圈套，他沉默片刻後，那對小眼睛狡猾地轉動了一下，說：「嘿嘿嘿，我不知道在溫絲身上發生了什

麼事？她死了嗎？就算我知道她已懷孕，又怎能憑此就說我是兇手？**何況我已好久沒見過她了。**」

「嘿嘿嘿……」福爾摩斯冷笑三聲，突然大手一揮，指着尼克說，「好久沒見了？那麼，**你昨晚到她家幹什麼？**」

尼克臉上閃過一下**慄然**，

但馬上又冷靜下來，並反駁道：「你含血噴人，我沒有去過她家！」

「看看自己的外套吧！它已出賣了你！」福爾摩斯厲聲道，「你不喜歡貓，為何外套上會黏着溫絲家的貓毛！」

「啊！」華生這時才恍然大悟，原來剛才福爾摩斯走到衣架前面，就是要看尼克的外

套上是否黏着貓毛！

可是，他怎會知道尼克的外套上會黏着**貓毛**呢？就算尼克去過溫絲家，他的外套也不一定會黏上貓毛啊？難道福爾摩斯有**未卜先知**的能力？

「不，他常說人們在**看**，他卻在**觀察**。他一定在進入這個健身房時，已看到我和李大猩他們看不到的東西！」華生心中暗忖，「但他看到了什麼呢？」

這時，尼克臉上浮現出疑惑的表情，他立即走到衣架前拿起**外套**看了看，在外套下方的邊緣上，果然如大偵探所說，黏着一些**黑色的貓毛**！

「嘿嘿嘿，溫絲家有一隻黑貓，你行兇時把外套掛在椅上，黑貓走過就會把貓毛黏到外套上。」福爾摩斯冷冷地道，「我們只要把你外套上的貓毛檢驗一下，就能證明你去過溫絲小姐的家了。」

「啊……」林頓老太太臉帶恐懼地問，「尼克……是真的嗎？為什麼你不告訴我們她已懷了孩子？」

「不會……不會……是真的吧？」林頓老先生也顫動着嘴唇問。

　　尼克沒答話，他的小眼珠快速地向蘇格蘭場孖寶一瞥，然後把手中外套使勁一**甩**，擲向仍未及反應的兩人。說時遲那時快，尼克已隨拋出的外套一個箭步衝前，「**嘭、嘭**」連發兩拳，把李大猩和狐格森擊倒在地。

　　接着，他猛地轉身，並迅即舉起**右拳**，同一剎那，他的腰部用力一擺，借勢一拳擊向福

爾摩斯。雖然事出突然，但福爾摩斯的反應也快，他用力向後一，一個閃身退後了一步。但尼克的拳頭已殺至，在他的額前險險地掠過，只掃中了他那一撮劉海。

這一下，把華生嚇得呆了。

尼克眼見偷襲未能得手，於是一個箭步衝前，接連揮出數拳打得福爾摩斯連連後退。他以為已佔上風，又來一記右勾拳，直向福爾摩斯的左頰打去。幸好福爾摩斯反應快，他稍稍向下一蹲，就避過了攻擊，並連消帶打，

迅即來一個左直拳從下擊向尼
克！「蓬」的一聲響起，尼
克整個人被打得飛彈開去。

尼克好不容易才站穩，他下意識地往桌上的一個 小瓶子 瞥了一眼。福爾摩斯似乎已看在眼裏，當尼克突然衝往桌子，伸手要去抓那個小瓶子時，福爾摩斯趁機一躍搶前，「嘭」的一拳打在尼克的左頰上。華生彷彿聽到「咯嘞」一下骨頭碎裂的微響。

同一剎那，尼克的頭在強力的攻擊下撞到桌上，然後一個反彈，又彈到地上去。

這時，李大猩和狐格森已從暈眩中醒過來了，兩人連忙撲上去，用手銬把倒在地上的尼克銬住。

看到尼克已被制服，福爾摩斯就走到桌前，撿起桌上那個小瓶子，對華生說：「嘿，那傢伙在拳鬥中想拿這個瓶子，一定有什麼秘密隱藏在裏面。」

「呼味……呼味……」尼克喘着氣，仍心有不甘地說，「算……算你運氣好……要是我能及時吃兩顆，我一定能……一定能擊敗你……」

「是嗎？竟有這種效用？」福爾摩斯好奇地打開瓶蓋，看了看後，把瓶子遞給華生，

「是一些**藥丸**呢？」

「藥丸？讓我看看。」華生接過小瓶子，倒了幾顆黃白色的藥丸到掌上，仔細地看了又看。

「怎樣？知道是什麼藥丸嗎？」福爾摩斯問。

「看不出來，要拿去**化驗**一下才知道。」華生說。

「快說！那些是什麼藥丸？」李大猩沒有耐性，大聲向尼克喝問。

尼克看了看已被嚇得**縮作一團**的父母，忽然垂下頭來，像一頭**喪家狗**似的輕聲說：「我不想在這裏說，可以到警察局再說嗎？」

福爾摩斯看一看華生，再看一看蘇格蘭場孖寶，點點頭。三人意會，知道尼克在父母面前

似乎有所顧忌，看來不想被兩老聽到自己的自白。

神奇的藥丸

尼克被押到警局後，馬上改變態度，只是**顧左右而言他**，不肯詳細地吐露真相。

不過，貓毛的化驗報告很快就出來了，證實那些貓毛出自常在溫絲家出沒的**黑貓小黑**。

此外，小瓶子中的藥丸原來是**安非他命**，那是一種興奮劑，可以令服後的運動員增加**持久力**和**爆炸力**。尼克為了在黑市拳賽中爭勝，就常常服用此藥。他與福爾摩斯對打處於下風時伸手要抓小瓶子，就是企圖吞服此藥來增強**戰鬥力**。

與此同時，蘇格蘭場也派員遠赴法國小鎮調

查，當地一間餐廳的侍應認得尼克曾經光顧，而當天艾爾金牧師就遇襲身亡了。

證據確鑿之下，尼克知道已無法洗脫罪名，就一五一十把事情的經過和盤托出。

原來，他在四個多月前出戰一場拳賽時忘記服藥，結果慘敗於對手的鐵拳之下，欠下一筆巨額的外圍賭債。為了還錢，就遊說弟弟傑森⋯⋯

「我能打贏比自己強壯的拳手，就是全靠這種神奇藥丸。」尼克攤開手掌，向弟弟傑森展示一顆黃白色的藥丸。

「可是……服用這些藥丸沒有危險嗎？」傑森有點猶豫。

「**危險？**當然沒有。」尼克拍拍自己的胸膛，「你看，我已吃了整整一年，不是一樣**生龍活虎**嗎？比未吃時還健康得多呢。」

「這麼說來，確實也有道理。」

「而且，你怕的話，不用像我那樣長期服用。」尼克**慫恿**，「你只須為下星期的自行車耐力賽服用一段短時間就行了，比賽完後就馬上停止，不會出事的。」

「好的。」傑森下定決心，於是問道，「我贏了真的有大額$獎金嗎？」

「當然有，你吃了藥後，在體力大增下，比賽的速度一定會快很多。」尼克信心十足地說，「我會在外圍下重注，你是冷門，沒有人想過你的速度會這麼快，一旦勝出，就會贏得大筆獎金。」

「*速度！對，速度就是一切！*」傑森像着了魔似的，兩眼發出興奮的光芒，「只要我能在短時間內增加速度，獎金就垂手可得

了！」

「這藥丸能激發**人體的潛能**，我出拳的速度那麼快，就全因為它！」尼克看見弟弟已着了魔，於是再出言激勵，「你吃了它，車速也一定會快得令所有對手震驚！」

「就是這樣，傑森聽從我的指示，連續服了一個星期藥。」尼克說，「在比賽當天，我為

了保證他能爆發出前所未有的**速度**，還給他加重了**劑量**。只是⋯⋯只是沒想到⋯⋯」

「只是沒想到他承受不了，**心臟病發**猝死吧？」福爾摩斯問。

尼克無言地點點頭。

「那麼，那份**保險**呢？你為什麼為他買了那麼大額的保險？」福爾摩斯問。

「我知道服用此藥有一定危險，在黑市拳賽中曾有拳手因服用過量而在比賽中途**暴斃**。為了保險，於是⋯⋯」

「哼！你明知有危險，竟然也讓自己的弟弟冒險，你還有人性的嗎？」李大猩**怒不可遏**。

「但為什麼在**受益人**一欄上沒填上你的名字？」福爾摩斯問。

尼克**無精打采**地答道：「我弟弟是個疑心

很重的人，如果硬要他填上我的名字，反而會誤了大事，於是就讓他把受益人一欄留空了。反正不填也沒大礙，因為他出了意外的話，家人就是受益人，我和爸媽都能分到保險金。」

「可是，你沒想到竟會跑出一個弟婦溫絲。」福爾摩斯說。

「是的。」尼克垂頭喪氣地答，「我知道傑森還在與溫絲交往，但沒料到他們竟然已秘密結婚。」

「你是什麼時候知道此事的？」福爾摩斯問。

「一個多星期前，溫絲來到我家，向我爸媽說要取回林頓家媳婦的名分。我爸媽一向對她沒有好感，加上她又拿不出結婚證明書，就以為她來索取名分有不可告人的目的，就一口拒絕了。」尼克說，「於是，她就表示會發電報

給為他們證婚的法國牧師，邀他來作證。我從爸媽口中得悉此事後，馬上檢查弟弟的**遺物**，果然找到一張由法國沙特爾教堂簽發的**結婚證書**，之後……」

「之後怎樣？快說！」李大猩喝令。

「之後，我去到法國的那所教堂，以溫絲大伯的名義單獨約見那個名叫**艾爾金**的牧師，然後把他殺死了。」

「不過，你回到倫敦後，又走去殺死溫絲，製造出她**上吊自殺**的假象。」福爾摩斯說。

尼克無言的頷首。

「你這樣做，一定是知道溫絲已懷着傑森的孩子，對吧？」福爾摩斯問。

「是的。」

「我們知道溫絲害怕你們會來搶奪孩子的**撫養權**，她不會主動告訴你**懷孕**一事呀。」福爾摩斯問，「你是怎樣得悉她懷孕的？」

「是那個熱情的牧師告訴我的。」尼克苦笑道，「他知道我是溫絲的大伯後，就向我道賀，恭喜我快要成為**伯父**了。我在那一刻，才知道溫絲原來有喜。」

福爾摩斯想了想，問道：「既然如此，你殺了牧師也沒用，為什麼不放過他呢？」

「放過他？不可能啊。」尼克抬起頭來說，「這和**拳擊**一樣，出了的拳不可能收回來，否則只會傷及自己。那牧師已認得我的**樣貌**，如果放過他，他日後**指證**我曾到訪法國，那不是給自己添麻煩嗎？」

「最後，我想問你，你是怎樣進入溫絲家的

呢？」

「這還不簡單嗎？」尼克嘴角閃過一下奸笑，「我直接**登門拜訪**，她知道我是誰，所以想也沒想就開門讓我進屋了。之後的事，看來不用我多說了吧。」

忙了一整天，福爾摩斯和華生離開警局時，已夜幕低垂。

華生心情沉重地說：「相信林頓家兩老現在一定**懊悔不已**，他們大概從沒想到在**門第之見**下，不但害死了自己的小兒子，還害死了媳婦和孫兒，和間接把大兒子推上了**斷頭台**。」

「是啊，要是他們早早同意婚事，尼克或許就沒有機會遊說弟弟服藥，一切就不會發生了。」福爾摩斯慨歎。

「對了。」華生突然想起，「你是怎樣預知尼克的外套會黏上貓毛的？」

「我哪有預知的能力，全靠觀察罷了。」福爾摩斯說，「我們進入尼克的健身房時，他不是赤裸上身，正在打沙包嗎？我一眼就看見他腰間有兩塊很大的紅疹，這令我馬上想起溫絲家的那隻黑貓，因為對貓敏感的人常會出現這種紅疹。你是醫

生，應當比我更熟悉呀。」

「是的。」華生承認，「不過，當時我被他那強壯的肌肉和練拳的情景**嚇怕**了，並沒有注意那塊**紅疹**。」

「嘿嘿嘿，你和蘇格蘭場那對活寶貝一樣，**重要**東西放在眼前也不看，光看那些**不重要**的東西。」

「哎呀，我知道你屬害了，不用取笑我啊。」華生不滿地說。

「我還沒說完呢。」福爾摩斯狡點地一笑，「我看到尼克身上的紅疹後，估計他曾經進入**溫綽家**，而當時那隻**黑貓**也該在兇案現場。如果真的如此，尼克的衣服很有可能會黏了些

貓毛。於是，我就在健身房中找尋目標的衣服。當我看到那件外套後，腦海中已迅速閃現兇案現場的那張椅子。由於椅背至地面的高度正好比外套的長度高出兩三吋左右，尼克如果有穿那件外套的話，為了方便行動，應該會先脫下外套把它掛在椅背上，然後才把溫絲舉起套到索圈上去。這時，如果黑貓剛好走過的話，外套的下方就會

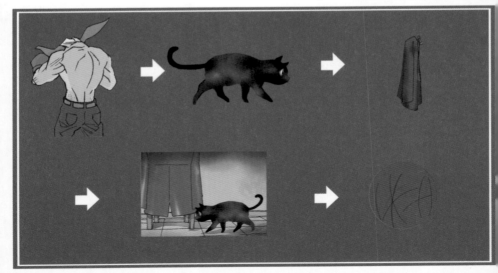

黏上貓毛了。」

「**太厲害了!**」華生聽罷，佩服地說。

「嘿嘿嘿，沒什麼了不起。」福爾摩斯一頓，然後笑道，「**人們只是在看，但我——**」

「**在觀察罷了。**」華生未待老搭檔說完，就搶道。

聞言，福爾摩斯哈哈大笑起來。

華生也大聲笑道：「你這句**口頭禪**我早已**耳熟能詳**，不用再說了。」

心理學小知識

潛意識

　　精神分析學的用語，英文是subconscious，指潛藏於內心深處的意識，它是不自覺的，但又會控制人的行動和思考的意識。有理論認為，自覺的顯意識只佔意識的十分之一左右，其餘的都屬於潛意識。人們常常用冰山來比喻這個學說，浮在水面上的、看得見的就是顯意識，沉在水面下的、看不見的就是潛意識。

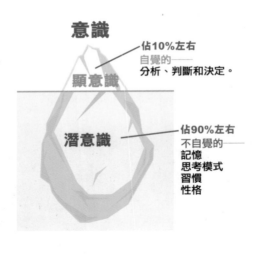

意識

顯意識

潛意識

佔10%左右
自覺的──
分析、判斷和決定。

佔90%左右
不自覺的──
記憶
思考模式
習慣
性格

科學小知識

過敏

在本集的故事中，由於尼克的身體出現紅疹，福爾摩斯在其外套上又發現黏着一些黑色的貓毛。於是，他估計紅疹是因為尼克對貓產生過敏所致，並由此推論出尼克曾到過命案現場，證實他就是殺人兇手。

人體對某些物質產生過敏是常見的現象，如花粉症就是呼吸系統對花粉產生過敏的症狀。此外，食物過敏也很普遍，有些人不能吃花生；有些人不能吃海鮮，就是因為人體對某些食物會產生過敏。嚴重的過敏甚至會致命，所以對過敏不能掉以輕心。

過敏（allergy）是人體接觸了某些特定的物質而引發的反應。這些特定的物質統稱為變應原（allergen），它可以是花生，可以是花粉，也可以是酒精，完全是因人而異。

當變應原進入血液後，就會與過敏抗體（IgE antibody）結合，刺激遍佈於全身的肥大細胞（mast cell）釋出一種名叫組胺（histamine）的化學物質，去對抗外來的入侵者，並引發炎症。所以，過敏其實是人體免疫系統保護身體的一種反應。不過，如果反應過度的話，反過來會危害人體。

由於組胺會極速散佈全身，令身體某些部分發炎，引發腫脹或產生紅疹等炎症。

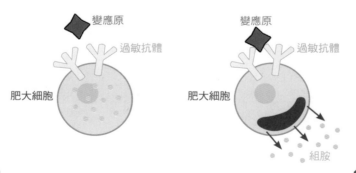

血型的組合

　　在本集故事中，福爾摩斯指出可以通過驗測血型，來確定溫絲的胎兒與傑森・林頓的父子關係。但事實又是否如此呢？其實，這是不可能的。

　　不過，如果驗出血型不符，卻可以否定他們父子之間的血緣關係。例如，假設溫絲的血型是O型，而傑森・林頓的血型是AB型，他們之間只能生出A型或B型的子女。倘若胎兒不是這兩種血型的話，那麼，就可以否定胎兒與傑森・林頓的父子關係了。因此，通過血型驗測雖然不能肯定血緣關係，但由於有否定的作用，所以在確定血緣關係上也是有用的。

　　這裏有個血型組合表，列出什麼血型的父母會生出什麼血型的子女。如父母血型都是A型，就會生出A型或O型的子女了。有關其他組合，請看下表。

父母血型	子女血型
A型 × A型	A型、O型
A型 × B型	A型、B型、O型、AB型
A型 × AB型	A型、B型、AB型
O型 × O型	O型
O型 × A型	A型、O型
O型 × B型	B型、O型
O型 × AB型	A型、B型
B型 × B型	B型、O型
B型 × AB型	A型、B型、AB型
AB型 × AB型	A型、B型、AB型

安非他命與禁藥

安非他命的學名喚作苯丙胺，是興奮劑的一種，英文叫 amphetamine。人服用了，會刺激中樞神經和交感神經，能減輕疲勞和令情緒高漲。如濫用會上癮，甚至引致死亡，是受管制的藥物和毒品。

據說，安非他命於第一次世界大戰時，是為了讓士兵應付夜間作戰而開發出來的提神藥物，後來影響所及，連運動員也開始服用。於1960年的羅馬奧運會中，就有服用了安非他命的丹麥自行車選手在比賽中死亡。此外，於1967年的環法單車賽中，又有英國選手因服用此藥而死。

此後，奧林匹克委員會不得不正視這個現象，並制定禁藥清單，禁止運動員為了提高成績而服用藥物。不過，服用禁藥的運動員仍絡繹不絕，為了名利而不惜以身犯險。

拿駕駛執照出來！

很多車超速呀，為什麼只捉我？

是他搶你的手袋嗎？

是。

嘿，你有釣過魚嗎？

有呀。

你一定搞錯了。

沒錯，我認得你。

每次下鈎，釣到多少條魚？

一條囉。

她不可能認得我！

為什麼？

你就是那條嘛，傻瓜！

我逃得那麼快，怎會認得我啊。

禁藥①

你怎會輸的?

我也不知道啊。

禁藥②

開這藥給我吧。

你沒吃禁藥嗎?

有吃呀。

這是禁藥,你沒病,不能開給你。

吃不到這些藥,我會死的。

什麼時候吃的?

怎會?最多輸掉拳賽罷了。

輸掉的話,我會抑鬱而死啊。

當然是比賽後啦,飽肚不宜比賽嘛。

吃這個吧,抗抑鬱的!

福爾摩斯科學小手工
自製扇形紙飛機！

今集有什麼介紹給大家玩？

今集叫「速度的魔咒」，就做一個與「速度」有關的小手工吧。

1

漿糊筆

膠紙

剪刀

兩張厚度和重量不同的卡紙

先準備好圖中的物品。選用卡紙時，要選較輕和較薄的卡紙作主翼和尾翼，選較厚和較重的卡紙作機身。

2

主翼

長軸 17cm

短軸16cm

垂直尾翼

7.5cm

6cm

把較輕和較薄的卡紙剪出一個短軸16cm、長軸17cm的橢圓形作主翼，和6cm（橫）× 7.5cm（直）的小卡紙作垂直尾翼。

3

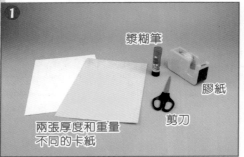

機身

19cm

3cm

機頭

1.5cm

3cm

把較厚和較重的卡紙剪出兩條19cm × 3cm的紙條作機身，和三張1.5cm × 3cm的小紙條作機頭。

4

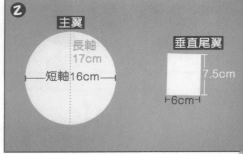

機身（由兩張長紙條黏合而成）

機頭（由三張小紙條黏合而成）

用漿糊筆把兩張長紙條機身黏合，並用膠紙把三張小紙條黏在長紙條的一端，當作機頭。

用膠紙把長紙條機身貼到長軸、位於主翼的圓心之上。（注意：不論圖5的機身和圖6的尾翼，都要非常穩固地黏在橢圓形的長軸之上，如貼得不正中或貼得不牢固，飛機飛行時就會很容易失去平衡。）

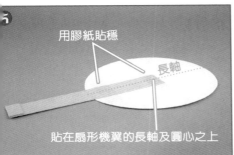

用膠紙貼穩

長軸

貼在扇形機翼的長軸及圓心之上

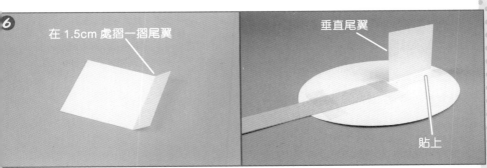

在 1.5cm 處摺一摺尾翼

垂直尾翼

貼上

 把垂直尾翼在1.5cm處摺一摺，然後用膠紙把它貼到橢圓形主翼另一端的長軸上。

飛出

 用手拿着主翼，輕輕向前拋出，飛機就會滑翔出去了。如飛得不順暢，可以嘗試調節機頭的重量，加多或減少小紙條的數量。

科學解謎

飛機的機體上有主翼、水平尾翼和垂直尾翼三種不同的翼，它們各自的功能如下：

主翼——令飛機在空中浮起

水平尾翼——控制機體不會忽高忽低地飛行

垂直尾翼——控制機體不會偏左或偏右地飛行

我們的扇形飛機，由於主翼本身是一張橢圓形卡紙，還起着水平尾翼的作用。所以，只須貼上垂直尾翼和機身，就能順暢地飛行了。

大偵探
福爾摩斯
速度的魔咒 ㉟

原著人物 / 柯南‧道爾
（除主角人物相同外，本書故事全屬原創，並非改編自柯南‧道爾的原著。）

小說&監製 / 厲河　　繪畫&構圖編排 / 余遠鍠

繪畫（造景）/ 李少棠　造景協力 / 周嘉詠

封面設計 / 陳沃龍　內文設計 / 麥國龍　編輯 / 盧冠麟、郭天寶

出版
匯識教育有限公司
香港柴灣祥利街9號祥利工業大廈2樓A室

想看《大偵探福爾摩斯》的
最新消息或發表你的意見，
請登入以下facebook專頁網址。
www.facebook.com/great.holmes

承印
天虹印刷有限公司
香港九龍新蒲崗大有街26-28號3-4樓

發行
同德書報有限公司
九龍官塘大業街34號楊耀松（第五）工業大廈地下
電話：(852)3551 3388　　傳真：(852)3551 3300

第一次印刷發行　　　　　　　　　　　　　　　　2016年10月
第六次印刷發行　　　　　　　　　　　　　　　　2020年12月
Text：©Lui Hok Cheung
©2016 Rightman Publishing Ltd. All rights reserved.
未經本公司授權，不得作任何形式的公開借閱。

本刊物受國際公約及香港法律保護。嚴禁未得出版人及原作者書面同意前以任何形式或途徑(包括利用電子、機械、影印、錄音等方式)對本刊物文字(包括中文或其他語文)或插圖等作全部或部分抄襲、複製或播送，或將此刊物儲存於任何檢索庫存系統內。
又本刊物出售條件為購買者不得將本刊租賃，亦不得將原書部分分割出售。
This publication is protected by international conventions and local law. Adaptation, reproduction or transmission of text (in Chinese or other languages) or illustrations, in whole or part, in any form or by any means, electronic, mechanical, photocopying, recording or otherwise, or storage in any retrieval system of any nature without prior written permission of the publishers and author(s) is prohibited.
This publication is sold subject to the condition that it shall not be hired, rented, or otherwise let out by the purchaser, nor may it be resold except in its original form.

ISBN:978-988-77494-1-7
港幣定價HK$60
台幣定價NT$270

若發現本書缺頁或破損，
請致電25158787與本社聯絡。

網上選購方便快捷　　購滿$100郵費全免
詳情請登網址 www.rightman.net